김소월 시집

진달래꽃

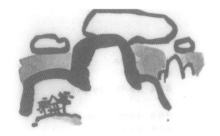

진달래꽃

김소월(1902년~1934)

1902년 평북 정주군 곽산면 남산리에서 출생. 향리 독서당에서 한문 수학을 받다가 오산학교 중학부에 입학하여 안서 김억에게 배움. 21세 때 배재고등학교 5학년에 편입하여 왕성한 창작활동을 함. 배재고등학교(7회)를 졸업한 후 일본 동경으로 건너가 체류하다가 광동 대지진으로 고향에 돌아와 조부가 경영하고 있는 광산 일을 돕다가 『동아일보』 지국을 운영하기도 했다. 1934년 12월24일 33세의 짧은 나이로 처가의 고향에서 세상을 떠남.

산유화

산에는 꽃 피네　　　피는 꽃은
꽃이 피네　　　　　저만치 혼자서 피어있네
갈 봄 여름없이　　　산에서 우는 적은 새여
꽃이 피네　　　　　꽃이 좋아
산에　　　　　　　산에서
산에　　　　　　　사노라네

서울 남산도서관 앞에 세워진 소월의 시비

岸曙先生 三水甲山韻 金廷湜

三水甲山 나, 왜 왔노 三水甲山이 어듸뇨
오고 나니 奇險타 아하 물도 만코 山疊疊이라 아하하

내 故鄕을 돌우 가쟈 내 故鄕을 내 못 가네
三水甲山 멀드라 아하 蜀道之難이 예로구나 아하하

三水甲山 어듸뇨 내가 오고 내 못 가네
不歸로다 내 집이여 아하 새가 되면 떠 가리라 아하하

님 게신 곳 내 故鄕을 내 못 가네 내 못 가네
오다 가다 야속타 아하 三水甲山이 날 가두엇네 아하하

내 故鄕을 가고지고 오호 三水甲山 날 가두엇네
不歸로다 내 몸이여 아하 三水甲山 못 버서난다 아하하

1933년 김억에게 보낸 편지(친필)

차례

하늘과 별에 이르는 마음은 푸른 빛을 깨치며 깊은 심산에 진달래꽃으로 피었다가 슬픈 강물이 되어 광야에 메아리쳤다. 때로는 잠들지 못하는 영혼으로 아시아의 밤을 밝히면서 새벽빛 속을 달려 올 초인을 고대하기도 하였다.

한편으로는 빼앗긴 들에서 봄보다 더 잔혹한 포연과 화약 냄새가 진동하는 '검은 준열의 시대'를 살아야 했던 그들은 날카로운 눈빛으로 현실을 직시하며 작품을 통해 불안과 절망과 대결하는 시정신을 표출해 냈다.

'시를 쓴다는 것은 내가 사회를 살아가는 데 있어서 가장 의지할 수 있는 마지막 용기였다. 나는 지도자도 아니며 정치가도 아닌 것을 잘 알면서 사회와 싸웠다.'

이제 우리는 그들의 아름다운 삶을 위하여 작은 사랑을 약속하며 이 시집의 영롱한 화원을 달빛처럼 산책하면서 마음의 숲을 가꾸어야 한다.

진달래 꽃

나 보기가 역겨워
가실 때에는
말없이 고히 보내 드리우리다.

영변에 약산
진달래꽃
아름 따다 가실 길에 뿌리우리다.

가시는 걸음걸음
놓인 그 꽃을
사뿐히 즈려밟고 가시옵소서.

나 보기가 역겨워
가실 때에는
죽어도 아니 눈물 흘리우리다.

금잔디

잔디
잔디
금잔디
심심산천에 붙는 불은
가신 님 무덤 가에 금잔디
봄이 왔네, 봄빛이 왔네
버드나무 끝에도 실가지에.
봄빛이 왔네, 봄날이 왔네
심심산천에도 금잔디에.

봄 비

어룰없이 지는 꽃은 가는 봄인데
어룰없이 오는 비에 봄은 울어라.
서럽다, 이 나의 가슴 속에는!
보라, 높은 구름 나무의 푸릇한 가지
그러나 해 늦으니 으스름인가.
애달피 고운 비는 그어 오지만
내 몸은 꽃자리에 주저앉아 우노라.

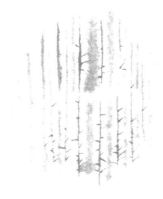

엄마야 누나야

엄마야 누나야 강변 살자.
뜰에는 반짝이는 금모래빛
뒷문 밖에는 갈잎의 노래
엄마야 누나야 강변 살자.

예전엔 미처 몰랐어요

봄가을 없이 밤마다 돋는 달도
「예전엔 미처 몰랐어요」

이렇게 사무치게 그리울 줄도
「예전엔 미처 몰랐어요」

달이 암만 밝아도 쳐다볼 줄을
「예전엔 미처 몰랐어요」

이제금 저 달이 서름인 줄은
「예전엔 미처 몰랐어요」

산유화

산에는 꽃 피네
꽃이 피네
갈 봄 여름없이
꽃이 피네

산에
산에
피는 꽃은
저만치 혼자서 피어 있네

산에서 우는 적은 새여
꽃이 좋아
산에서
사노라네

산에는 꽃지네
꽃이 지네
갈 봄 여름없이
꽃이 지네

가는 길

그립다
말을 할까
하니 그리워

그냥 갈까
그래도
다시 더 한 번…

저 산에도 까마귀, 들에 까마귀,
서산에는 해진다고
지저귑니다.

앞 강물, 뒷 강물
흐르는 물은
어서 따라 오라고 따라 가자고
흘러도 연달아 흐릅디다려

그리워

봄이 다 가기 전
이 꽃이 다 흩기 전
그린 님 오실까
뜨는 해 지기 전에

엷게 흰 안개 새에
바람은 무겁거니
밤샌 달 지는 양지
어제야 그리 같이

붙일 길 없는 맘세
그린 님 언제 뵐런
우는 새 다음 소린
늘 함께 듣사오면

못 잊어

못 잊어 생각이 나겠지요,
그런대로 한세상 지내시구려.
사노라면 잊힐 날 있으리다.

못 잊어 생각이 나겠지요,
그런대로 세월만 가라시구려,
못 잊어도 더러는 잊히오리다.

그러나 또 한긋 이렇지요,
그리워 살뜰히 못 잊는데,
어쩌면 생각이 떠지나요?

초 혼

산산히 부서진 이름이어!
허공 중에 헤어진 이름이어!
불러도 주인 없는 이름이어!
부르다가 내가 죽을 이름이어!

심중에 남아 있는 말 한마디는
끝끝내 마자 하지 못하였구나.
사랑하던 그 사람이어!
사랑하던 그 사람이어!

붉은 해는 서산 마루에 걸리었다.
사슴의 무리도 슬피 운다.
떨어져 나가 앉은 산 위에서
나는 그대의 이름을 부르노라.

설음에 겹도록 부르노라.
설음에 겹도록 부르노라.
부르는 소리는 비껴 가지만
하늘과 땅 사이가 너무 넓구나.

선 채로 이 자리에 돌이 되어도
부르다가 내가 죽을 이름이어!
사랑하던 그 사람이어!
사랑하던 그 사람이어!

고적한 날

당신 님의 편지를
받은 그날로
서러운 풍설이 돌았습니다.

물에 던져 달라 하신 그 뜻은
언제나 꿈꾸며 생각하라는
그 말씀인 줄 압니다.

흘려 쓰신 글씨나마
언문 글자로
눈물이라 적어 보내셨지요.

물에 던져 달라 하신 그 뜻은
뜨거운 눈물 방울방울 흘리며
맘 곱게 읽어 달라는 말씀이지요.

님의 노래

그리운 우리 님의 맑은 노래는
언제나 제 가슴에 젖어 있어요.

긴 날을 문밖에서 서서 들어도
그리운 우리 님의 고운 노래는
해지고 저무도록 귀에 들려요.
밤들고 잠들도록 귀에 들려요.

고히도 흔들리는 노래가락에
내 잠은 그만이나 깊이 들어요
고적한 잠자리에 홀로 누워도
내 잠은 포스근히 깊이 들어요.

그러나 자나 깨면 님의 노래는
하나도 남김 없이 잃어버려요
들으면 듣는대로 님의 노래는
하나도 남김없이 잊고 말아요.

님에게

한때는 많은 날을 당신 생각에
밤까지 새운 일도 없지 않지만
아직도 때마다는 당신 생각에
추거운 벼갯가의 꿈은 있지만.

낯모를 딴세상에 네길거리에
애달피 날 저무는 갓스물이요
캄캄한 어두운 밤 들에 헤매도
당신은 잊어버린 설음이외다.

당신을 생각하면 지금이라도
비오는 모래밭에 오는 눈물의
추거운 벼갯가의 꿈은 있지만
당신을 잊어버린 설음이외다.

불운에 우는 그대여

불운에 우는 그대여, 나는 아노라
무엇이 그대의 불운을 지었는지도,
부는 바람에 날려
밀물에 흘러
굳어진 그대의 가슴 속도
모다 지나간 나의 일이면
다시금 또 다시금
적황의 포말은 북고여라, 그대의 가슴 속의
암청의 이끼여, 거칠은 바위
치는 물가의.

먼 후일

먼 후일 당신이 찾으시면
그때에 내 말이 잊었노라

당신이 속으로 나무리면
무척 그리다가 잊었노라

그래도 당신이 나무리면
무척 그리다가 잊었노라

그래도 당신이 나무리면
믿기지 않아서 잊었노라

오늘도 어제도 아니 잊고
먼 후일 그 때에 잊었노라

님의 말씀

세월이 물과 같이 흐른 두 달은
길어둔 독엣물도 찌었지마는
가면서 함께 가자 하던 말씀은
살아서 살을 맞는 표적이외다.

봄풀은 봄이 되면 돋아나지만
나무는 밑그루를 꺾인 셈이요
새라면 두 쭉지가 상한 셈이라
내 몸에 꽃필 날은 다시 없구나.

밤마다 닭소래라 날이 첫시면
당신의 넋맞이로 나가 볼 때요
그믐에 지는 달이 산에 걸리면
당신의 길신가리 차릴 때외다.

세월은 물과 같이 흘러가지만
가면서 함께 가자 하던 말씀은
당신을 아주 잊던 말씀이지만
죽기 전 또 못잊을 말씀이외다.

황촉불

황촉불, 그저도 까맣게
스러져가는 푸른 창을 기대고
소리조차 없는 흰 밤에
나는 혼자 거울에 얼굴을 묻고
뜻없이 생각없이 들여다보노라.
나는 이르노니, 우리 사람들
첫날밤은 꿈 속으로 보내고
죽음은 조는 동안에 와서
별 좋은 일도 없이 스러지고 말아라.

해가 산마루에 저물어도

해가 산마루에 저물어도
내게 두고는 당신 때문에 저뭅니다.

해가 산마루에 올라와도
내게 두고는 당신 때문에 밝은 아침이라고 할 것입니다.

땅이 꺼져도 하늘이 무너져도
내게 두고는 끝까지 모두 다 당신 때문에 있습니다.
다시는, 나의 이러한 맘 뿐은, 때가 되면
그림자 같이 당신한테로 가오리다.

오오, 나의 애인이었던 당신이여.

자나 깨나 앉으나 서나

자나 깨나 앉으나 서나
그림자 같은 벗 하나 내게 있었습니다.

그러나, 우리는 얼마나 많은 세월을
쓸데없는 괴로움으로만 보내였겠습니까!

오늘은 또다시, 당신의 가슴속, 속모를 곳을
울면서 나는 휘저어버리고 떠납니다그려.

허수한 맘, 둘 곳 없는 심사에 쓰라린 가슴은
그것이 사랑, 사랑이던 줄이 아니도 잊힙니다.

잊었던 맘

집을 떠나 먼 저 곳에
외로히도 다니던 내 심사를!
바람 불어 봄꽃이 필 때에는
어찌타 그대는 또 왔는가.
저도 잊고나서 저 모르던 그대
어찌하여 옛날의 꿈조차 함께 오는가.
쓸데도 없이 서럽게만 오고가는 맘.

개여울

당신은 무슨 일로
그리합니까?
홀로히 개여울에 주저앉아서

파릇한 풀포기가
돋아 나오고
잔물은 봄바람에 해적일 때에

만일에 그대가 바다난 끝의
벼랑에 돌로나 생겨 났다면
둘이 안고 떨어나지지.

만일에 나의 몸이 불귀신이라면
그대의 가슴 속을 밤도와 태워
둘이 함께 재되어 스러지지.

구름

저기 저 구름을 잡아 타면
붉게도 피로 물든 저 구름을
밤이면 새카만 저 구름을
잡아 타고 내 몸은 저 멀리로
구만리 긴 하늘을 날아 건너
그대 잠든 품 속에 안기렸더니
애스러라, 그리는 못한대서
그대여, 들으라 비가 되어
저 구름이 그대한테로 나리거든
생각하라, 밤 저녁, 내 눈물을.

등불과 마주 앉았으려면

적적히
다만 밝은 등불과 마주 앉았으려면
아무 생각도 없이 그저 울고만 싶습니다,
왜 그런지야 알 사람이 없겠습니다마는.

어두운 밤에 홀로이 누웠으려면
아무 생각도 없이 그저 울고만 싶습니다,
왜 그런지야 알 사람도 없겠습니다마는,
탓을 하자면 무엇이라 말할 수는 있겠습니다마는.

맘 속의 사람

미칠 듯이 볼 듯이 늘 보던 듯이
그립기도 그리운 참말 그리운
이 나의 맘에 속에 속모를 곳에
늘 있는 그 사람을 내가 압니다.

언제도 언제라도 보기만 해도
다시 없이 살뜰한 그 내 사람은
한두번만 아니게 본 듯하였오
나자부터 그리운 그 사람이요.

남은 다 어림없다 이를지라도
속에 깊이 있는 것 어찌하는가,
아나 진작 낯모를 그 내 사람은
다시 없이 알뜰한 그 내 사람은

나는 못잊어 하여 못잊어 하여
애타는 그 사랑이 눈물이 되어
한끝 만나리 하는 내 몸을 가져
몹쓸음을 둔 사람, 그 나의 사람.

길

어제도 하룻밤
나그네 집에
까마귀 가왁가왁 울며 새었소.

오늘은
또 몇 십리
어디로 갈까.

산으로 올라갈까
들로 갈까
오라는 곳이 없어 나는 못 가오.

말마소, 내 집도
정주 곽산
차 가고 배 가는 곳이라오.

여보소, 공중에
저 기러기
공중엔 길 있어서 잘 가는가?

여보소, 공중에
저 기러기
열 십자 복판에 내가 섰소.

갈래갈래 갈린 길
길이라도
내게 바이 갈 길은 하나 없소.

왕십리

비가 온다
오누나
오는 비는
올지라도 한 닷새 왔으면 좋지.

여들 스무날엔
온다고 하고
초하루 삭망이면 간다고 했지.
가도 가도 왕십리 비가 오네.

웬걸, 저 새야
울랴거던
왕십리 건너가서 울어나다고.
비 맞아 나른해서 벌새가 운다.

천안에 삼거리 실버들도
촉촉이 젖어서 늘어졌다네.
비가 와도 한 닷새 왔으면 좋지.
구름도 산마루에 걸려서 운다.

꿈으로 오는 한 사람

나이 차 자라면서 가지게 되었노라.
숨어 있던 한 사람이, 언제나 나의
다시 깊은 잠 속의 꿈으로 와라.
붉그렷한 얼굴에 가늣한 손가락의
모르는 듯한 거동도 전날의 모양대로
그는 야저시 나의 팔 위에 누워라.
그러나 그래도 그러나!
말할 아무것이 다시 없는가!
그냥 먹먹할 뿐, 그대로
그는 알아라. 닭의 홰치는 소래.
깨어서도 늘, 길거리엣 사람을
밝은 대낮에 빗보고는 하노라.

꽃촉불 켜는 밤

꽃촉불 켜는 밤, 깊은 골방에 만나라.
아직 젊어 모를 몸, 그래도 그들은
해 달 같이 밝은 맘, 저저마다 있노라.
그러나 사랑은, 한두 번만 아니라, 그들은 모르고.

꽃촉불 켜는 밤, 어스러운 창 아래 만나라.
아직 앞길 모를 몸, 그래도 그들은
「솔대같이 굳은 맘, 저저마다 있노라」
그러나 세상은 눈물날 일 많아라, 그들은 모르고.

맘 켱기는 날

오실 날
아니 오시는 사람!
오시는 것 같게도
맘 켱기는 날!
어느덧 해도 지고 날이 저무네!

밤마다 밤마다
온 하로밤!
쌓았다 헐었다
긴 만리성!

그를 꿈꾼 밤

야밤중 불빛이 발갛게
어렴프시 보여라.

들리는 듯, 마는 듯
발자국 소래
스러져가는 발자국 소래.

아무리 혼자 누워 몸을 뒤채도
잃어버린 잠은 다시 안 와라.

야밤중 불빛이 발갛게
어렴프시 보여라.

님과 벗

벗은 서름에서 반갑고
님은 사랑에서 좋와라.
딸기꽃 피여서 향기로운 때를
고초의 붉은 열매 익어가는 밤을
그대여, 부르라, 나는 마시리.

몹쓸 꿈

봄 새벽의 몹쓸 꿈
깨고 나면!
울짖는 가막까치, 놀라난 소래
너희들은 눈에 무엇이 보이느냐.

봄철의 좋은 새벽, 풀 이슬 맺혔어라.
볼지어다, 세월은 도무지 편안한데
두새없는 저 가마귀, 새들게 울짖는 저 까치야
나의 흉한 꿈 보이느냐?

고요히 또 봄바람은 봄의 빈들을 지나가며
이윽고 동산에서는 꽃잎들이 흩어질 때
말 들어라, 애틋한 이 여자야, 사랑 때문에는
모두 다 사나운 조짐인 듯, 가슴을 뒤노아라.

꿈꾼 그 옛날

밖에는 눈, 눈이 와라,
고요히 창 아래로는 달빛이 들어라.
어스름 타고서 오신 그 여자는
내 꿈의 품속으로 들어와 안겨라.

나의 벼개는 눈물로 함빡히 젖었어라,
그만 그 여자는 가고 말았느냐.
다만 고요한 새벽, 별 그림자 하나가
창 틈을 엿보아라.

눈오는 저녁

하지마는 새로이
내 눈썹에 눈물이
젖는 줄을 알고는
그만 너는 가겠지.

두루 나는 찾는다
가신 네가 행여나
다시 올까 올까고
하지마는 일없다.

옛 이야기

고요하고 어두운 밤이 오면은
어스레한 등불에 밤이 오면은
외로움에 아픔에 다만 혼자서
하염없는 눈물에 저는 웁니다.

제 한몸도 예전엔 눈물 모르고
조그마한 세상을 보냈습니다.
그때는 지난날의 옛 이야기도
아무 설음 모르고 외왔습니다.

그런데 우리 님이 가신 뒤에는
아주 저를 버리고 가신 뒤에는
전날에 제게 있던 모든 것들이
가지가지 없어지고 말았습니다.

그러나 그 한때에 외워 두었던
옛 이야기 뿐만은 남았습니다.
나날이 짙어가는 옛 이야기는
부질없이 제 몸을 울려줍니다.

제 비

오늘 아침 먼동 틀 때
강남의 더운 나라로
제비가 울며불며 떠났습니다.

잘 가라는 듯이
살살 부는 새벽의
바람이 불 때에 떠났습니다.

어이를 이별하고
떠난 고향의
하늘을 바라보던 제비이지요.

길가에서 떠도는 몸이기에
살살 부는 새벽의
바람이 부는 데로 떠났습니다.

밤

홀로 잠들기가 참말 외로와요
맘에는 사무치도록 그리워와요
이리도 무던히
아주 얼골조차 잊힐 듯해요.

벌써 해가 지고 어둡는대요
이 곳은 인천에 제물포, 이름난 곳
부슬부슬 오는 비에 밤이 더디고
바다 바람이 춥기만 합니다.

다만 고요히 누워 들으면
다만 고요히 누워 들으면
하얗게 밀어드는 봄 밀물이
눈앞을 가로막고 흐느낄 뿐이야요.

가는 봄 삼월

가는 봄 삼월 삼일은 삼질
강남 제비도 안 잊고 왔는데.
아무렴은요
설게 이 때는
못 잊어 그리워.

잊으시기야 했으랴, 하마 어느새
님 부르는 꾀꼬리 소리,
울고 싶은 바람은 점도록 부는데
설리도 이 때는
가는 봄 삼월, 삼월은 삼질.

산 위에

산 위에 올라서서 바라다보면
가로막힌 바다를 마주 건너서
님 계시는 마을이 내 눈앞으로
꿈 하늘 하늘같이 떠오릅니다.

흰 모래 모래 빗긴 선창가에는
한가한 뱃노래가 멀리 잦으며
날 저물고 안개는 깊이 덮혀서
흩어지는 물꽃뿐 안득입니다.

이윽고 밤 어둡는 물새가 울면
물결 좇아 하나 둘 배는 떠나서
저 멀리 한바다로 아주 바다로
마치 가랑잎같이 떠나갑니다.

나는 혼자 산에서 밤을 새우고
아침해 붉은 볕에 몸을 씻으며
귀 기울이고 솔곳히 엿듣노라면
님 계신 창 아래로 가는 물노래

흔들어 깨우치는 물노래에는
내 님이 놀라 일어 찾으신대도
내 몸은 산 위에서 그 산 위에서
고히 깊이 잠들어 다 모릅니다

밭고랑 위에서

우리 두 사람은
키 높이 가득 자란 보리밭, 밭고랑 위에 앉아서라.
일을 필하고 쉬는 동안의 기쁨이어
지금 두 사람의 이야기에는 꽃이 필 때.

오오, 빛나는 태양은 나려 쪼이며
새 무리들도 즐거운 노래, 노래 불러라.
오오 은혜여, 살아 있는 몸에 넘치는 은혜여
모든 은근스러움이 우리의 맘 속을 차지하여라.
세계의 끝은 어디? 자애의 하늘은 넓게도 덮혔는데.

우리 두 사람은 일하며, 살아 있어서
하늘과 태양을 바라보아라, 날마다 날마다도
새라 새롭은 환희를 지어내며, 늘 같은 땅 위에서.

다시 한 번 활기있게 웃고 나서, 우리 두 사람은
바람에 일리우는 보리밭 속으로
호미 들고 들어갔어라, 가즈란히 가즈란히
걸어 나아가는 기쁨이여, 오오 생명의 향상이여.

비단 안개

눈들에 비단안개 둘리울 때
그때는 참아 잇지 못할 때러라.
만나서 울던 때도 그런 날이오
그리워 미친 날도 그런 때러라.

눈들에 비단안개 둘리울 때
그때는 홀목숨은 못할 때러라.
눈 풀리는 가지에 당치마귀로
젊은 계집 목매고 달릴 때러라.

눈들에 비단안개 둘리울 때
그때는 종달새 솟아 때러라.
들에랴 바다에랴, 하늘에서랴
아지 못할 무엇에 취할 때러라.

눈들에 비단안개 둘리울 때
그때는 참아 잊지 못할 때러라.
첫사랑 있던 때도 그런 날이오
영이별 있던 날도 그런 때러라.

산

산새도 오리나무
위에서 운다.
산새는 왜 우노, 시메산골
영 넘어 갈라고 그래서 울지.

눈은 나리네, 와서 덮히네.
오늘도 하룻길
칠팔십리
돌아서서 육십리는 가기도 했소.

불귀, 불귀, 다시 불귀,
삼수갑산에 다시 불귀.
사나이 속이라 잊으련만,
십오년 정분을 못 잊겠네.

산에는 오는 눈, 들에는 녹는 눈.
산새도 오리나무
위에서 운다.
삼수갑산 가는 길은 고개의 길.

접동새

접동
접동
아우래비접동

진두강 가람가에 살던 누나는
진두강 앞 마을에
와서 웁니다.

옛날, 우리나라
먼 뒤쪽의
진두강 가람가에 살던 누나는
이붓어미 시샘에 죽었습니다.

누나라고 불러보랴
오오, 불설워
시새움에 몸이 죽은 우리 누나는
죽어서 접동새가 되었습니다.

아홉이나 남아 되던 오랩동생을
죽어서도 못 잊어 참아 못 잊어
야삼경 남 다 자는 밤이 깊으면
이 산 저 산 옮아가며 슬피웁니다.

원앙침

바드득 이를 갈고
죽어 볼까요
창가에 아롱아롱
달이 비친다.

눈물은 새우잠의
팔굽 벼개요
봄꿩은 잠이 없어
밤에 와 운다.

두동달이 벼개는
어디 갔는고
언제는 둘이 자던 벼개 머리에
죽자 사자 언약도 하여 보았지.

봄메의 멧 기슭에
우는 접동도
내 사랑 내 사랑
좋이 올것다.

두동달이 벼개는
어디 갔는고
창가에 아롱아롱
달이 비친다.

눈오는 저녁

바람 자는 이 저녁
흰 눈은 퍼붓는데
무엇 하고 계시노
같은 저녁 금년은…

꿈이라도 뀌면은!
잠들면 만날런가.
잊었던 그 사람은
흰 눈 타고 오시네.

저녁때. 흰 눈은 퍼부어라.

오시는 눈

땅 위에 쌔하얗게 오시는 눈
기다리는 날에는 오시는 눈
오늘도 저 안 온 날 오시는 눈
저녁불 켤 때마다 오시는 눈

애 모

왜 아니 오시나요.
영창에는 달빛, 매화꽃이
그림자는 산란히 휘겼는데
아아. 눈 깍 감고 요대로 잠을 들자.

저 멀리 들리는 것!
봄철의 밀물 소래
물나라의 영롱한 구중궁궐, 궁궐의 오요한 곳
잠 못드는 용녀의 춤과 노래, 봄철의 밀물 소래.

어두운 가슴 속의 구석구석……
화연한 거울 속에, 봄구름 잠긴 곳에
소솔비 나리며, 달무리 둘려라.
이대로록 왜 아니 오시나요, 왜 아니 오시나요.

부모

낙엽이 우수수 떨어질 때
겨울의 기나긴 밤
어머님하고 둘이 앉아
옛 이야기 들어라.

나는 어쩌면 생겨 나와
이 이야기 듣는가?
묻지도 말아라, 내일날에
내가 부모되어서 알아보랴?

춘향과 이도령

평양에 대동강은
우리 나라에
곱기로 으뜸가는 가람이지요.

삼천리 가다가다 한가운데는
우뚝한 삼각산이
솟기도 했소.

그래 옳소, 내 누님. 오오 누이님
우리 나라 섬기던 한 옛적에는
춘향과 이도령이 살았다지요.

이편에는 함양, 저편에는 담양,
꿈에는 가끔가끔 산을 넘어
오작교 찾아 찾아 가기도 했소.

그래 옳소, 누이님. 오오 내 누님
해돋고 달돋아 남원 땅에는
성춘향 아가씨가 살았다지요.

무 심

시집 와서 삼년
오는 봄은
거친 벌난벌에 왔습니다.

거친 벌난벌에 피는 꽃은
졌다가도 피노라 이릅디다.
소식없이 기다린
이태 삼년.

바로 가던 앞강이 간봄부터
굽이돌아 휘돌아 흐른다고
그러나 말마소, 앞 여울의
물빛은 예대로 푸르렀소.

시집 와서 삼년
어느 때나
터진개 개여울의 여울물은
거친 벌난벌에 흘렀습니다.

부부

오오 안해여, 나의 사랑!
하늘이 무어준 짝이라고
믿고 살음이 마땅치 아니한가.
아직 다시 그러랴, 안 그려랴?
이상하고 별납은 사람의 맘,
저 몰라라, 참인지, 거짓인지?
정분으로 얽은 딴 두 몸이라면.
서로 어그점인들 또 있으랴.
한평생이라도 반백년
못 사는 이 인생에!
연분의 긴 실이 그 무엇이랴?
나는 말하려노라, 아무러나,
죽어서도 한 곳에 묻히더라.

후살이

홀로 된 그 여자
근일에 와서는 후살이간다 하여라.
제이 십년 저 혼자 더 살은 오늘에 와서야
모두 다 그럴듯한 사람 사는 일레요.

사노라면 사람이 죽는 것을

하루라도 몇번씩 내 생각은
내가 무엇하려고 살려는지?
모르고 살았노라, 그럴 말로
그러나 흐르는 저 냇물이
흘러가서 바다로 든댈진댄.
일로 쫓아 그러면, 이 내 몸은
애쓴다고는 말뿐 잊으리라.
사노라면 사람은 죽는 것을
그러나, 다시 내 몸,
봄빛의 불붙는 사태흙에
집짓는 저 개아미
나도 살려 하노라, 그와 같이
사는 날 그날까지
살음에 즐거워서
사는 것이 사람의 본 뜻이면
오오, 그러면 내 몸에는
다시는 애쓸 일도 더 없어라
사노라면 사람은 죽는 것을.

봄 밤

실버들나무의 거므스렷한 머리결인 낡은 가지에
제비의 넓은 깃나래의 감색 치마에
술집의 창 옆에, 보아라, 봄이 앉았지 않는가.

소리도 없이 바람은 불어, 울며, 한숨지워라.
아무런 줄도 없이 설고 그리운 새카만 봄밤
보드라운 습기는 떠돌며 땅을 덮어라.

맘에 있는 말이라고 다 할까보냐

하소연하며 한숨을 지으며
세상을 괴로워하는 사람들이여!
말을 나쁘지 않도록 좋게 꾸밈은
달라진 이 세상의 버릇이라고,
오오, 그대를!
맘에 있는 말이라고 다 할까보냐.
두세 번 생각하라, 위선 그것이
저부터 밑지고 들어가는 장사일진댄
사는 법이 근심은 못 가른다고
남의 설움을 남은 몰라라.

말마라, 세상, 세상 사람은
세상에 좋은 이름 좋은 말로써
한 사람을 속옷마자 벗긴 뒤에는
그를 네길거리에 세워 놓아라
장승도 마치 한가지
이 무슨 일이냐, 그날로부터
세상 사람들은 제각금 제 비위의 헐한 값으로
그의 몸값을 매마자고 덤벼들어라.
오오, 그러면, 그대들은 이후에라도
하늘을 우러르라.
그저 혼자 섧거나 괴롭거나.

나의 집

들가에 떨어져 나가 앉은 메기슭의
넓은 바다의 물가 뒤에
나는 지으리, 나의 집을
다시금 큰길을 앞에다 두고.
길로 지나가는 그 사람들은
제가끔 떨어져서 혼자 가는 길.
하이얀 여울턱에 날은 저물 때
나는 문간에 서서 기다리리.
새벽 새가 울며, 지새는 그늘로
세상은 희게, 또는 고요하게
번쩍이며 오는 아침부터
지나가는 길손을 눈여겨보며
그대인가고, 그대인가고.

새 벽

낙엽이 발이 숨는 못물 가에
우뚝우뚝한 나무 그림자
물빛조차 어슴푸러히 떠오르는데
나 혼자 섰노라, 아직도 아직도
동녘 하늘은 어두운가.
천인에도 사랑 눈물, 구름되어
외로운 꿈의 벼개 흐렸는가
나의 님이여, 그러나 그러나
고히도 불그스레 물질러 와라
하늘 밟고 저녁에 섯는 구름
반달은 중천에 지새일 때.

눈물이 쉬르르 흘러납니다.

눈물이 쉬르르 흘러납니다
당신이 하도 못잊게 그리워서
그리 눈물이 쉬르르 흘러납니다.

잊히지도 않는 그 사람은
아주나 내버린 것이 아닌데도
눈물이 쉬르르 흘러납니다.

가뜩이나 설은 맘이
떠나지 못할 운에 떠난 것도 같아서
생각하면 눈물이 쉬르르 흘러납니다.

마른 강 두덕에서

서리 맞은 잎들만 쌔울지라도
그 밑에야 강물의 자취 아니랴
잎새 위에 밤마다 우는 달빛이
흘러가던 강물의 자취 아니랴

빨래소리 물소리 선녀의 노래
물 스치던 돌 위엔 물 때 뿐이라
물 때 묻은 조약돌 마른 갈숲이
이제라고 강물의 터야 아니랴

빨래소리 물소리 선녀의 노래
물 스치던 돌 위엔 물 때 뿐이라

흘러가는 물이라 맘이 물이면

옛날에 곱던 그대 나를 향하여
구엽은 그 잘못을 이르려느냐.
모두 다 지어 묻은 나의 지금은
그대를 불신만 전 다 잊었노라.
당연히 이미 잊고 바렸을러라.
그러나 그 당시에 나는 얼마나
앉았다 일어섰다 설워 울었노.
그 연갑의 젊은이 길에 어려도
뜬눈으로 새벽을 잠에 달려도
남들은 좋은 운수 가끔 볼 때도
일없이 오다가다 멈칫 섰어도
자애의 차부 없는 복도 빌며
덧없는 삶이라 쓴 세상이라
슬퍼도 하였지만 맘이 물이라
저절로 차츰 잊고 말았었노라.

한 식

가지가지 어뜩한 높은 나무에
까마귀와 까치는 울고 짖을 때,
이월에도 청명에 한식날이라
들려오는 곡소리. 오오 곡소리.

거친 벌에는 벌에 부는 바람에
종이 돈은 흩어져 떠다니는 곳.
무더기 또 무더기 널린 무덤에
푸릇푸릇 봄풀만 돋아나누나.

드문드문 둘러선 백양나무에
청가시에 흰꽃이 두루루 달린 곳
아낙 모두 아주 간 깊은 설움의
차마 말도 다 못할 자리일러라.

가도 가도 또 가도 살아 못하는
황천에서 곡소리 이어 들으랴
길손들은 제가끔 돌아갈레라.

봄 못

같은 봄은 왔나니
잎만 수북 떠 있다.
헐고 외인 못물가
내가 서서 볼 때다.

물에 드는 그림자
어울리며 흔든다.
세도 못할 물소용
물면으로 솟군다.

채 솟구도 못하여
솟구다간 삼킨다.
하던대는 우리도
이러하다 할쏘냐.

바람 앞에 풍겨나
제자리를 못 잡아
몸이 한곳 못 두어
애가 탈손 못물아.

한때 한때 지나다
가고말 것 뿐이라
다시 헛된 세상에
안정 밖에 있겠나.

실제

동무들 보십시오. 해가 집니다.
해지고 오늘날은 가노랍니다.
웃옷을 잽시 빨리 입으십시오
우리도 산마루로 올라갑시다.

동무들 보십시오. 해가 집니다.
세상의 모든 것은 빛이 납니다.
이제는 주춤주춤 어둡습니다.
예서 더 저문 때를 밤이랍니다.

동무들 보십시오. 밤이 옵니다.
박쥐가 발뿌리에 일어납니다.
두 눈을 인제 그만 감으십시오.
우리도 골짜기로 나려갑시다.

김소월(金素月) 생애와 작품연대

*1902년 음력 8월 6일, 평북 정주군 곽산면 남산리에서 아버지 김성수金性壽와 어머니 장경숙張景淑의 장남으로 출생. 그의 부친은 결혼한 지 얼마 안 되어(1904) 외가에 나들이를 가다가 정주에서 곽산간의 철도를 가설하던 인부 십여 명으로부터 매를 맞고 돌아왔는데, 그 여파로 정신 이상의 폐인이 되어 버렸다. 그로하여 김소월은 맏손자로서 조부의 각별한 사랑을 받으며 자랐다. 조부 김상수 씨는 유교를 숭배하였으며 광산업을 하였는데, 한때는 흥해 벼락부자라는 소리를 들을 정도였으나 소월이 대학에 갈 즈음은 몰락하여 그의 학비조차 대기 힘들었다. 소월의 어머니 장경숙은 1900년 가을 19세의 나이로 시집을 왔는데, 아버지보다 두 살 위였으며 키가 작았지만 마음 씀씀이가 커서 큰집의 맏며느리로써 저격이었다.

*1904년(3세) 부친의 정신 이상으로 조부의 손에 의해 양육됨.

*1905년(4세) 독서당에서 한문 수학을 받음.

*1908년(7세) 여동생 인여仁如 태어남.

*1909년(9세) 남산학교 2학년에 편입함.

*1915년(14세) 남산학교를 졸업한 다음. 오산학교 중학부에 입학, 안서 김억에게 배움, 이 해에 소월은 말을 타고 정주

구성, 홍씨 집 17세의 단실이라는 규수에게 장가를 갔다. 부
인 홍상 여사는 1899년생으로 평북 구성군 서산면 평지동에
서 출생했으며, 소월은 부인의 이름이 좋지 않다고 하여, 그
자신이 '홍단실' 洪丹實로 개명시켰다.

*1919년(18세) 장녀 구생 태어남. 『창조』 5호에 처음으로 작
품을 발표하고, 이어서 〈먼 후일〉을 『학생계』에 발표함.

*1920년(19세) 오산학교를 졸업, 차녀 구원이 태어남.
〈낭인의 봄〉·〈야夜의 우적〉·〈오과午過의 입粒〉·〈춘강〉을
『창조』 2월호 발표. 계속하며 〈만나려는 심사〉, 동아일보에
〈바다〉 등을 발표하다.

*1921년(20세) 동아일보에 〈바람의 몸〉·〈황촛불〉·〈붉은 호
수〉·〈속요〉·〈봄밤〉·〈풀따기〉·〈그 산위〉·〈은대초〉·〈명태
우〉·〈춘채평〉·〈함구〉·〈일야우〉·〈둥근 해〉·〈꿈〉·〈하
늘〉·〈구면〉·〈깊이 믿던 심성〉·〈바다〉 등을 발표하다.

*1922년(21세) 배재고등보통학교 5학년에 편입, 『개벽』 1월
호에 〈꿈Ⅰ 꿈Ⅱ〉·〈금잔디〉·〈부엉새〉·〈엄마야 누나야〉·
〈재비Ⅰ〉·〈첫치마〉·〈황초불〉·〈개미〉·〈달맞이〉·〈수아〉를
발표 2월호에 〈님의 노래〉·〈닭은 꼬꾸요〉·〈재물포의 밤〉·
〈꿈꾼 그 옛날〉·〈나의 집〉·〈새벽〉을 발표.
3월호에 〈등불과 마주 앉으려면〉·〈바람과 봄〉·〈봄밤〉·〈바
다가 변하여 뽕나무밭이 된다고 를 발표
6월호에 〈그 산 위에〉·〈맘에 속의 사람〉·〈바다〉·〈오는 봄〉

〈공원의 봄〉·〈열락〉을 발표, 7월호 〈강촌〉·〈별리〉·〈진달래 꽃〉〈고적한 날〉·〈제비Ⅱ〉, 8월호 〈가는 봄 3월〉·〈개여울〉〈님과 벗〉·〈먼 후일〉·〈잊었던 밤〉·〈풀따기〉·〈옛날〉·〈산 위에〉·〈깊이 믿었던 심성〉·〈가을〉을 발표.

10월호에 〈삭주구성〉·〈함박눈〉(소설)을 발표.

11월호에 〈가는 길〉·〈꿈자리〉·〈깊은 구멍〉 등을 발표하다.

*1923년(22세) 장남 준호 태어나다. 배재고등학교(7회)를 졸업한 후 일본 동경으로 건너가 체류하다가 관동 대지진으로 고향으로 돌아옴.『개벽』2월호에 〈옛 이야기〉·〈임의 노래〉, 5월호에 〈사육절〉 (I. 못 잊도록 생각 나겠지요. II. 예전엔 미처 몰랐어요. III. 해가 산마루에 저물어도. IV. 눈물이 수르르 흘러납니다. V. 자나 깨나 앉으나서나.)『개벽』10월호에 〈산〉을 발표하다.

*1924년(23세) 조부가 경영하던 광산일을 돕다가 처가가 있는 고을에서『동아일보』고성자국을 운영함.『영재』10호에 〈밭고랑 위에서〉·〈생과 사〉·〈여인〉을 발표. 12호에〈명주딸기〉·〈불칭추평〉, 동아일보에 〈서로 믿음〉을 발표하다.

*1925년(24세) 차남 은호가 태어남. 처녀 시집『진달래꽃』을 12월 26일 발행으로 독문사에서 간행(반국판 234면, 111편 수록).『개벽』1월호에〈저녁때〉, 5월호〈시혼〉(시론)『동아일보』에 〈서도여운〉외 4편 〈벗마을 한식〉·〈자전

거), 『조선문단』 4월호에 〈실제〉·〈목마름〉, 7월호에 〈불
탄자리〉·〈오월 밤 산보〉·〈빗소리〉 발표.

*1926년(25세) 『조선문단』 3월호에 〈봄〉·〈밤까마귀〉, 6월
호에 〈바닷가의 밤〉·〈봄못〉·〈잠〉·〈첫눈〉·〈둥근 해〉·〈저
녁〉·〈흘러가는 물이라 맘이 물으면〉 등을 발표. 동아일보
에 〈돈과 밥과 맘과 들〉·〈태유에 배를 대고〉 등을 발표했으
며, 『문예공론』 창간호에 〈저급생활〉을 실었으나 압수당
하여 발표되지 못하다.

*1928년(27세) 『백야』 7월호에 〈나무〉 발표.

*1929년(28세) 『문예공론』 5월호 〈길채비〉, 6월호 〈단장〉

*1931년(30세) 『삼천리』 부록에 〈만나려는 심사〉 발표.

*1932년(31세) 삼남 정호 태어남. 『삼천리』 11월호에
〈건강한 잠〉·〈고락〉·〈기분전환〉·〈기원〉·〈기회〉·〈상쾌
한 아침〉·〈의와 정의심〉을 발표하다.

*1933년(32세) 김억에게 보낸 〈차안서 선생 산수갑산운〉을
편지로 보내다. 〈생과 돈과 사〉·〈내 집〉을 『개벽』에 발표.

*1934년(33세) 4남 낙호 태어남. 번역시 〈장우행(1)·(2)〉
등을 『삼천리』 5호에 발표. 12월 24일 평안북도 구성군 남
시南市에서 세상을 떠남.

김소월 시집
진달래 꽃

재발행 2017년 08월 20일

펴낸이 홍철부
펴낸곳 문지사

등록일 1978년 8월 11일 (제3-50호)

주   소 서울특별시 은평구 갈현로 312

영업부 02)386-8451
편집부 02)386-8452
팩 스 02)386-8453

값 6,000원